U0099360

劫餘低吟

法　天著
東大圖書公司印行

國立中央圖書館出版品預行編目資料

劫餘低吟／法天著.--初版.--臺北市
：東大發行：三民總經銷，民83
面；　　公分.--（滄海叢刊）
ISBN 957-19-1604-8（精裝）
ISBN 957-19-1626-9（平裝）

851.486　　　　83001792

著　者　法　天
發行人　劉仲文
著作財產權人　東大圖書股份有限公司
總經銷　三民書局股份有限公司
印刷所　東大圖書股份有限公司
復興店／臺北市復興北路三八六號六樓
重慶店／臺北市重慶南路一段六十一號
郵　撥／〇一〇七一七五——〇號
初　版　中華民國八十三年四月
編　號　E 85257
基本定價　叁元壹角壹分
行政院新聞局登記證局版臺業字第〇一九七號

ISBN 957-19-1626-9（平裝）

序

法天在學生時代曾寫過不少新詩，這些新詩曾發表在民國四十年代（一九五〇年代）臺灣的各大報副刊及文藝性雜誌。不忘懷法天新詩的老朋友們再三建議法天，該將這些新詩集在一起出版。法天有些躊躇，因為他顧慮到：如果將塵封的舊「新詩」出版，豈不浪費了讀者的時間與金錢！

法天為自己的新詩是否出版確實考慮了很久，因為時代變化太快，大家所欣賞的是今天的東西，對於過去的，不會有什麼人來欣賞。可是，事實上又不盡然。最近不是又有新人唱老歌，而且也受到聽衆歡迎的事？想到這裡，法天有些心動。不過，法天又考慮到；封筆不寫新詩已三十多年了，今天將過去的東西拿出來獻醜，豈不正中人家所說的「老不羞」？說也奇怪，在這個喜新厭舊的世界上，偏有些人喜歡探究古老的東西，儘管是一片瓦、一塊石頭，只要有了年紀，也被視為珍品來收藏。除此，法天也想到：有很多場合，老朋友間需要交換些禮物。如果將自己用汗淚塗成的詩集印出來，作為禮物分贈老友，也許比贈送昂貴的XO白蘭地酒來得更有意義！

法天是在這種考慮之下，答應出版他學生時代撰寫的新詩集。

法天出生在一個兵荒馬亂的年代，成長在戰亂與苦難的環境。少小離家，到處流浪。在恐怖的環境中掙扎過，在飢餓的日子煎熬過。這些經歷是今天這一代年輕人無法想像，也無機會體驗的。處在那種環境的青少年，他們的明天在那裏?從不敢去想它，衹是儘量把握住今天。為今天的生存，他們忍受，他們奮鬥。不能支撐的同伴們，有不少在旅途中倒下去，到後來能够有溫馨的家、舒適的生活，或實現年輕時的願望，而步步青雲的，為數不多。

儘管所遭遇的環境是如此，法天同一般青少年一樣，仍然有他的幻想，卽使他的幻想不能實現；他也有不少的夢，卽使有些夢是噩夢。在奮鬥的過程中，法天有挫敗，有沮喪，有鄉愁，有奮慨。作為一位青少年的法天，都將這些感觸、這些體驗，表達在他的新詩裏。從這些新詩中，你可嗅到民國四十年代臺灣文藝界的氣息，你也可想像到在那個年代離家人的遭遇。

收集在這個集子裏的新詩都是短詩。其實，法天也曾寫過長詩、朗誦詩，也翻譯過不少西洋人的詩，考慮到篇幅，都被割愛了。為了紀念那個苦難的時代一個流浪者的感受，特將此詩集定名為《劫餘低吟》。

最後，法天對東大圖書公司董事長劉振強先生之斥資出版，不計成本之精神，致崇高之敬意與誠摯之謝忱。

于宗先 識

民國八十三年

目次

序

一、人生篇

駱駝 三
希望 五
命運 六
出航 七
夜店 九
小鳥和虹 一一
生活 一三
希望的網 一四
登峯者 一六
人是奇怪的動物 一八

奔波 二〇
希望底蘇甦 二三
債務 二四
幻夢曲 二五
生死篇 二六
趕路 三〇
旅途 三一

二、友愛篇

無言的友情 三五
未譜出的戀歌 三七
友愛曲 三九
關不住 四二
陶醉 四三
癡戀 四四
懷念 四五

戀歌 四六
愛情 四九

三、景物篇

溪流 五三
幼苗 五四
夜風 五六
雲之歌 五八
交響夜 六〇
杜鵑 六三
月亮 六四
旱 六六
小湖 六七
暴雨前夕 六九
陋巷之春 七一
春雨 七三

老樹 七五
雨夜 七六
椰樹 七八
寒流 七九
北風 八〇
蛙 八三
落葉 八四
蝴蝶 八六
黃昏之戀 八八
放鵝女 八九
淸道夫 九一
春天的落葉 九三
榕樹 九五
牛與車 九七
小草 九九
蟬 一〇一

潮 一〇三
藤與草 一〇四
黎明 一〇六
河邊之夜 一〇七
山野篇 一〇九

四、感懷篇

無錨的小舟 一一三
不眠夜 一一五
今天 一一七
迷惘 一一九
啓示 一二一
幻想 一二三
盲笛 一二四
年節 一二六
青春短笛 一二八

忘掉 一二九
播種 一三〇
迎春曲 一三三
年 一三四
青春的留駐 一三六
無題 一三八
鳥底悲歌 一三九
失去的星 一四一
鳶之歌 一四三
風 一四五
訴 一四七
矛盾 一四九

五、鄉愁篇

鄉思 一五三
思母 一五四

晚歸　一五六
歸帆　一五七
相思　一五九
飄　一六一
別後　一六三
縫衣淚　一六四
心曲　一六五
思母夢　一六六
秋夜　一六七
過去　一六八

六、戰亂篇

初征　一七一
寄前線　一七三
悼　一七四
等待　一七五

遙望 一七六
三代 一七九
哀歌 一八一
春天裏 一八三
逃亡者 一八五
神聖的勞動者 一八七
給樂師 一八九
祖國的列車 一九一

七、寶島篇

常綠島的畫像 一九五
臨街 一九八
西子灣的黃昏 二〇〇
成都路口 二〇二
三月的臺北 二〇四
到臺灣去吧 二〇六

寶島頌 二〇八

八、詩論篇

詩的音樂性 二一三
詩的啓示力 二一六

一、人生篇

人生是追逐希望的旅程，
有陽光，有風雨；
有坎坷，有坦途；
有快樂，有痛苦。

駱駝

生活像荒涼的沙漠，
情緒像古井的水波，
聽不見秋雁告訴消息，
看不見春風笑吻花朵，
摸索在斷魂的征途，
我是隻載重的駱駝。

邁出飛沙走石的白晝，
踏進月黑風高的長夜，
一步一把苦汗，
一步一個印腳，
奔向東方的一線曙光，

我是隻載重的駱駝。

原載《中國文藝》二卷一期
民國四十一年八月廿三日

希望

在陌生的曠野裏，
我把希望的種籽播上；
春雨剛牽出鮮麗的嫩芽，
旋被苦難的蛀蟲咬傷！

在多礁的河床裏，
我又撒下破舊的魚網；
心頭雖罩上幻滅的暗影，
水面上卻激起了圈圈幻想……

原載《聯合報·副刊》
民國四十二年九月六日

命運

命運和我結拜兄弟，
誓言從此永不分離，
於是我倆互相提携，
縱然人生路上泥濘崎嶇！

途中我常常跌倒，
總埋怨我這無情的兄弟；
但當獲得勝利的果實，
我卻把它完全歸於自己。

原載《中央日報・副刊》
民國四十五年五月八日

出航

在人生的大海裏，
你是我最安適的港，
伴我度過風雨交迫的長夜，
使我恢復了信心與希望。

我曾遭受過驚濤駭浪的襲擊，
你的撫慰卻治癒我的創傷；
我曾因前途茫茫感到迷惘，
你的鼓勵又給了我堅強與力量。

如今黎明已移近東方，
晨霧卻又出現在海面上；
爲了捕獲我的希望，

我仍要繼續出航。

親愛的，不要因此憂傷，
我還會回來，還會回來，
在人生的大海裏，
你是我最安適的港！

原載《中央日報·副刊》
民國四十五年四月十六日

夜店

披著異鄉的風塵，
戴著八月的星天，
像個流落的吉普賽，
荒途上找尋夜店。

涉過永夜泣訴的流水，
越過滿臉愁雲的高山，
遠處隱隱似是宿地？
卻是私語的叢林一片。

借問過閉目沉思的路碑，
祈求過提燈夜遊的螢火，
一個默默不答，

一個匆匆逃脫。

怒吼的野獸來恐嚇，
紅眼睛的燐火來奚落，
我仗著智慧的指點，
仍不停地向前摸索。

不停地向前摸索，
猛擡頭，哈哈，
招手的夜店
就在前面一個一個……

原載《半月文藝》
民國四十一年

小鳥和虹

住厭了森林的一隻小鳥，
枝椏上終日做些幻夢；
當陣雨沐浴後的清晨，
瞥見西方有一條絢麗的彩虹。

牠希望能飛到彩虹的懷抱，
傾訴牠那純摯的愛情；
便撲撲翅膀向彩虹飛去，
沒曾向同伴道別一聲。

小草私語牠自尋苦惱，
森林望著牠的背影發楞，
同伴揚起親切的呼喚，

牠卻只顧向彩虹飛行。

越過了江河和山嶺，
趕了一程又一程，
前面只見輕霧茫茫，
絢麗的彩虹卻無影無踪。

輕霧裏牠穿來穿去，
最後鑽向無底的高空，
當精力完全耗盡，
便跌落進怒潮澎湃的海中！

原載《現代詩》秋季號
民國四十三年七月

生活

每個人的生活痕跡，
都要記在日子的扉頁上，
當黃昏時分，
太陽給蓋上紅的印章。

善良的形態有善良的影子，
罪惡的步履有罪惡的蹤象；
任管你有多大力量，
休想能改變它的模樣。

原載《大道》半月刊一〇八期
民國四十四年三月十六日

希望的網

生活是一條遼闊的河，
有澎湃的浪也有蕩漾的波；
我是個捕捉希望的獵者，
已踏破許多歲月的坎坷；
多少次將希望的網拉近身旁，
網裏卻只剩下幾朵絢麗的泡沫。

我終日在這河邊躊躇、難過，
埋怨命運把我奚落；
但是同伴們皆有捕獲，
只因爲他們能經得起折磨；
我爲何不再把希望的網兒，

也繼續投向明天的生活？

原以〈希望〉發表在《中央日報・副刊》

民國四十四年四月三日

登峯者

熬盡多少辛酸的寒暑，
爬過多少崢嶸的山巔，
但那神秘的知識峯巒，
還在雲中若隱若現。

雖望到平原秀麗的畫面，
曾見海洋渺茫的邊緣，
但白雲的家清流的源，
還在遙遠遙遠……

這裏已揚起山鳥的歌唱，
還有蒼鷹在山谷間盤桓；
可不要繫下你的戀情，

即使彩虹又出現在面前。
莫畏怕那山路崎嶇艱險，
和那漫漫濃霧遮住視線；
攀登神秘的知識峯巒，
只有信心、堅毅和勇敢！

人是奇怪的動物

人是奇怪的動物，
愛用矛盾扼殺自己；
圖幸福，往往痛苦一生，
求生存，偏被死神拖去。

活著，得不到半點慰藉，
死了，反會有人哭泣；
得意時，陌生人變成知己，
落魄後，親友都不屑認識。

有些人早被泥土埋葬，
精神卻永留在大衆心裏；
有些人雖然招搖過市，

只不過是具行屍走肉。

誰說人是萬物之靈？
爲何也喜歡作繭自縛？
且看親手建造的繁華城市，
一枚炸彈便把它化成焦土！

原載《大道》半月刊一二三期
民國四十四年十一月一日

奔波

風雨途上我拖著沉重的步伐，
像負荷的駱駝涉足茫茫流沙，
數易寒暑前面還是一望無垠，
我幾次想把生活的擔子拋下。

一片落葉會飄來滿山秋色，
一縷南風又會吹開遍野春花；
可是我走盡了冰天雪地，
而眼前的濃霧依舊漫漫無涯。

摸過的山嶺重重疊疊，
待走的路泥濘坎坷，
記憶裏映滿異地風光，

心靈上烙滿苦痛的印疤……

那裏有個休歇的宿地，
即使半個殘缺簡陋的家？
我這萬里奔波的浪子，
只有馱起希望再向前涉跋。

原以〈生活篇〉發表在《敦勵》雜誌
民國四十四年五月一日

希望底蘇甦

希望是個綠色的騎士，
爲了趕向眞理的聖城，
他一手握著信心的盾，
　一手揮著意志的劍，
正在崎嶇艱辛的路上馳騁。

沒理睬路旁那些獻媚的野花，
也沒聽靑空雲雀嘹亮的歌聲，
像一支箭，
像一陣風，
跨過河川，
越過山嶺。

天邊驀地翻起沉重的黑雲，
大地刮起野蠻的狂風，
四周頓時渾渾噩噩，
暴雨的隊伍卻直向大地猛衝，
這個綠色的騎士落馬了，
掙扎在茫茫無邊的泥沼中。

直到風漸息，雨漸停，
天邊透出一線光明；
從昏迷中蘇甦的綠色騎士，
倔強地抖了抖精神，
又奔向眞理的聖城。

原載《這一代》二卷一期
民國四十三年九月十五日

債務

在這漫長的人生征途，
我負著沉重的情誼債務；
似海恩情輸我以生命的活力，
誠摯友情授我以燃亮的火炬，
崇高愛情送我到春天的國度。

細數這些刻滿心懷的賬目，
常使我從夜夢中驟然驚起；
我眞想把它們統統償還，
又怎能一一償還清楚，
卽使把我的生命也獻出？

原載《中央日報．副刊》
民國四十四年四月十日

幻夢曲

讓脫韁的情感野馬，
馳騁在幻夢的曠野；
是青空的一朵白雲，
馱我飛向詩的王國。

那裏奇花熱吻瑤草，
那裏歌鳥邂逅飛蝶；
那裏獅子擁抱綿羊，
那裏狗貓低唱戀歌。

那裏寒冬變爲陽春，
那裏苦痛化成快樂；
那裏仁愛治瘉痼疾，

那裏麵包塡滿飢餓。

織羅女會見牽牛郎，
羅蜜歐找到朱麗葉，
東南飛的孔雀比翼，
浮士德的青春復活。

屈原欣賞天國美人，
荷馬朗誦依利阿特，
杜甫李白談笑風生，
濟慈雪萊引吭高歌。

我見撒旦膜拜上帝，
我見戰神立地成佛；
我見槍炮製成鋤頭，
我見原子產出神藥。

哈哈哈我歡樂發狂，
詩王國我留戀不捨；
那知白雲俄頃消失，
我跌進現實的長夜！

原載《中學生文藝》六期
民國四十二年六月十五日

生死篇

死去的漸漸化爲塵土，
活著的慢慢走向墳墓，
弔喪的人還沒有拭乾眼淚，
又有人來爲弔喪的人準備葬禮。

怕死的想拉長到墳墓的距離，
朝朝暮暮探求維生的道理，
怕活的情願縮短這段里程，
讓生命扼殺在自己的手裏。

有些人慷慨地獻出所有的熱血，
在人類心中揚起光彩的旌旗；
有些人終身吝嗇一滴汗的施捨，

到死時激不起半點同情的漣漪。

悲悼的鐘聲終日斷斷續續，
而誕生的讚歌也此落彼起；
生死間的里程是這樣短促，
究有多少歡樂，多少痛苦？

原載《藍星》
民國四十四年三月十日

趕路

時間落在黃昏裏，
前途模模糊糊……
躑躅的老牛呵，
還不忍受著趕路！

不要埋怨這條無情的鞭子，
又狠狠地抽著你啜泣；
沉重的生活擔子呀，
正也壓得我呼呼喘氣！

原載《大道》半月刊八十九期
民國四十三年六月一日

旅途

我在生命的逆流中奔走，
已跨過十個不同的春秋，
希望的幻影幾次出現在眼前，
捕捉時卻又一無所有。

路途迢迢，行雲悠悠，
看，旅伴們相聚又分手；
有的遠走在我的前面，
也有的落在我的身後。

原載《大道》半月刊一六二期
民國四十六年六月十六日

二、友愛篇

愛情像杯醇酒，
淺嘗，味甜美；
豪飲，使人醉。

二、友愛篇

無言的友情

那像是很久很久以前，
又像剛剛失落的昨天，
你的倩影駛進我記憶的港，
你的笑聲播散在我的心田；
雖然我們原不相識，
卻像摯友一樣坦然。

匆匆相遇又匆匆離散，
我們沒曾把姓名交換；
時間已埋葬了幾個季節，
你在我記憶裏依舊新鮮。

料不到我們會再相遇，

宛如摯友久別相見，
你又投我以會說話的明眸，
還有那玫瑰花開的笑臉；
我們仍沒有把姓名交換，
只匆匆相遇又匆匆離散。

原載《中央日報‧副刊》
民國四十三年八月五日

未譜出的戀歌

一

久久我想對你這樣說，
你是枝溫馨的幽蘭，
在我心靈深處開著。

久久我想對你這樣說，
你的眼睛是深綠的海，
我是一葉扁舟在裏面航著。

然而，我沒有勇氣這樣說，
直到心靈深處的幽蘭被人攀折，
綠海裏的扁舟遭風浪擊破。

二

久久我想對你這樣說，
你是嫵媚高傲的女皇，
統治著我幻夢的王國。

久久我想對你這樣說，
如果有一天失去你，
我將怎樣來生活？

然而，我沒有勇氣這樣說，
直到幻夢的王國失去主宰，
空虛與惆悵佔據了我。

原載《育才》雜誌
民國四十三年十二月廿五日

友愛曲

默默地，友誼架起了
從我心通往妳心底橋梁，
時光老人把它結牢得永恒，
是摻合著互敬、互助和互諒；
張開回憶的兩眼——
向溜過去的歲月裏一望；
它曾戰勝暴風雨的吹打，
也曾戰勝巨流的洶湧激盪。

每朝：我們含著微笑迎接晨曦，
每晚：我們披著暮色歡送夕陽；
春天：我們並肩同倚花畔，
秋夜：我們攜手同踏月光；

炎熱的仲夏妳送我一陣淸風，
寒冷的殘冬我給妳一把暖陽；
甜蜜的果實妳我各分一半，
痛苦的擔子分壓在妳我的肩上。

用對流的呼吸，
傳遞著我們的情感；
用會說話的眼睛，
交換著心底的秘密；
藉著潺潺的流水，
把我們的衷腸傾訴：
妳說，毋相忘；
我答：長相思。

默默地，友誼架起了
從我心通往妳心底橋梁，

可知道，親愛的，
時光老人把愛情的種籽，
偷偷地播散在妳我的心房；
妳瞧——
友誼的外面，
不是已添增了一層粉紅色的新裝！

原載《野風》四十八期
民國四十一年十二月

關不住

我把心門緊緊地關住，
不讓愛情之鳥偷偷飛去；
因爲昨日遭受的一枝暗箭，
至今尚有些哀怨與痛楚。

春風又在椰樹上婆娑起舞，
百合花的芬香也陣陣撲鼻；
關不住呵，關不住，
心門裏只剩下無限空虛！

原載《大道》半月刊八十四期
民國四十三年三月十六日

陶醉

我陶醉於那豐腴的綠野，
清風給我傳遞野花的香吻，
溪水為我唱著愉快的歌。

我陶醉於那多情的海洋，
浪兒吻著沙灘一遍一遍，
海鷗邂逅著三三兩兩。

我陶醉於你那迷人的明眸，
久已凍結的情感流泉，
如今泛起幻想的波浪。

原載《大道》半月刊八十四期
民國四十三年三月十六日

癡戀

春風已攪醒了冬眠，
杜鵑又把山野開遍；
雖然我不該再把褪色的記憶重翻，
雲雀卻歌響了我癡戀的心絃。

誰說時間的灰塵會把一切埋沒？
你卻像顆亮星嵌在我夢底藍天；
縱然我啓不開你緊閉的心扉，
我也要在每個夜裏把你呼喚。

原載《自由青年》十一卷九期

懷念

雖然我們原不相識，
你卻投我以純摯的情誼；
從此你播在我心田的感情種籽，
遂變成一片眩眼的青綠。

北雁早就送來秋的消息，
西風漸把紅葉搖下故枝；
這已變成黃金色的田野，
你何時才來把它收穫？

原載《文藝月報》三卷九期
民國四十四年九月

戀　歌

一

在荒漠的生活裏，
我是個年輕的牧者；
啊！美麗的姑娘，
能否將妳友情的土地，
賜一塊給我？

在荒漠的生活裏，
我是個孤寂的歌者；
啊！美麗的姑娘，
能否將妳深處的心曲，
譜上我生命的歌？

二

每當我從妳面前走過，
我總有另種特別感覺，
不由地再望望你的倩影，
讓它烙上我記憶的扉頁。

於是妳的明眸嵌上我夢底青空，
妳甜美的笑開放在我夢底原野；
當我偷偷地凝視著妳，
是否妳也有另種特別感覺？

三

夜夜我駕著夢的小船，
徜徉在妳的身邊，
我用一支青春的牧笛，
輕輕地向妳召喚。

夜夜我輕叩妳心靈之門，
是否妳聽見我的聲音，
不要驚怕與疑惑，
我來獻給妳一顆赤誠的心。

原載《大道》半月刊七十四期
民國四十二年十月十六日

愛情

妳是我所愛戀的第一個姑娘，
我不是被妳奚落的第一個情郎；
我底形像從沒烙上你底記憶，
妳底倩影卻佔有我整個心房。

我把愛情視爲醇酒痛飲，
妳把愛情當作清水一杯；
當我喝得沉沉欲醉，
妳又在輕扣另一個愛情的門扉。

原載《現代詩》五期
民國四十三年二月

三、景物篇

一片景是個世界，
有山水，有春秋；
一個物是個宇宙，
有生命，有感情。

溪流

孤守在深山幽谷，
渴望綠海的自由；
就悄悄地私奔呀！
沒帶半點愁。

巖石叫歇不肯歇，
叢林挽留也要走；
朝著癡情的綠海，
一去不回頭……

原載《新生週刊》
民國四十一年九月一日

幼苗

陰暗冷落、亂石橫臥的地方，
有顆被遺落的種子，
在抑壓下迸發出生命的希望：
它要呼吸自由新鮮的空氣，
它要探視遼闊奧妙的上蒼。

沉重的負荷緊緊壓在身上，
要使它永遠窒息、死亡；
它卻掙扎、蠕動、匍匐，
終於在夾縫中望到反射的陽光；
太陽投給它以援助的手，
毅然把命運的樊籠解放。

如今它一股勁兒向上生長，
還不時向浮雲作招手的模樣；
它嘗到月光的甜吻、清晨的甘露，
在這陰暗冷落、亂石堆上，
它那綠色的旗幟已首次飄揚！

原載《中央日報・副刊》
民國四十三年十二月四日

夜風

暮春三月的夜風，
又在輕扣我的門窗；
究竟是來向我借宿，
抑是告訴我劫後的故鄉？

我披衣向窗外眺望，
外面儘是一片荒涼，
只有掛著殘月的孤樹，
搖幌著在低聲悲傷！

當我剛回到夢的歸途上，
夜風又把我的門窗扣響；
我才恍然明白它的來意，

要我莫把明朝的征程遺忘。

原載《中央日報・副刊》
民國四十四年三月廿四日

雲之歌

我不知來自何處，
也不知將飄向何方；
世界上沒有一處讓我棲息，
因爲我的命運是流浪。

不要埋怨我薄情，
悄悄地投給你倩影，
又無情地令你失望；
也不要埋怨我無恒，
當兩顆心還沒拴牢，
就匆匆地向他處飄蕩。

我這樣忽兒東，忽兒西，

何嘗不衷心悲傷？
那山巒的翠綠，湖波的蕩漾，
那城市的幻景，村落的安詳，
又何嘗沒留下繾綣的戀情？
然而我得到的也儘是失望！

世界上沒有一處讓我棲息，
因爲我的命運是流浪；
我不知來自何處，
也不知將飄向何方。

原載《民友報》
民國四十三年五月十三日

交響夜

皎潔的月擁抱著仲夏的夜，
冷落的星躲在遙遠的天角；
清風剛拂過豐滿的綠田，
又將溫馨的唇送給了我。

月光懷裏我靜靜地躺著，
清風贈我一支交響的音樂；
時間之神乃是它的指揮，
熱情的聽衆卻是恬靜的鄉野。

有樹葉抖擻的絃琴聲，
有清泉淙淙的吉他，
有青蛙雄壯激昂的擂鼓，

有夜鶯清脆婉轉的戀歌。

螢火蟲乃是樂譜上的休止符，
從和諧的空間裏匆匆劃過；
夜鳥會得意地拍拍翅膀，
獨個兒唱幾聲粗獷的短歌。

這闋交響樂立刻中斷了，
原被那夜鳥的歌聲剪破；
乃由蝦蟆把抖落的音符綴起，
蟲兒再彌補那上面的殘缺。

廣場上流著納涼者溫柔的絮語，
小樓頂播出少女們的歡樂；
盲笛偶而從幽巷裏悠悠傳出，
卻引起了遊子無盡的哀怨與寂寞。

原載《臺大文摘》
民國四十二年九月

杜鵑

深夜裏杜鵑哭訴蒼天，
爲了那多情的春風把它哄騙；
昨日還慇懃地撫吻它的笑靨，
如今偷偷地逃避了，
獨讓杜鵑遭淒雨的摧殘。

杜鵑的血淚感動了蒼天，
沉濃的烏雲慢慢兒消散，
大地又鋪滿了太陽的金線，
春風回來想把它擁抱，
泥濘裏杜鵑已形影悽慘！

原載《大道》半月刊八十九期
民國四十三年六月一日

月亮

月亮，妳像古代的女皇；
繁星猶如鑽石、珠寶，
嵌鑲在妳那長空縫織的藍裙上，
山巒默默的對妳癡戀，
江河靜靜的向妳呆望；
妳沒曾作個回答，
也沒曾給個絕望；
只把輕如薄紗似的白雲，
不時掩遮妳那含羞的面龐。
妳，美麗的夜之后呀！
可知道？
當我打開情感的百葉窗，
偷偷的向妳一望；

妳那閃爍的光，
迷惑了我的眼睛；
妳那醉人的笑，
竟把我引向南柯的夢鄉……

原載《聯合報・副刊》
民國四十一年七月三十日

旱

炎日烤熟五月的天，
風把穢塵塗髒大地的臉，
椰樹伸著手掌日夜乞求，
麥稻叩頭祈禱從早到晚，
疏懶的白雲漫溢著，
一片，一片……

原載《聯合報・副刊》
民國四十一年六月十七日

小湖

獨守在荒野裏的藍色小湖，
一場春雨給了它過多的感情，
它望著青空呆呆發癡，
朦朧中踏進了輕霧的小夢；
當三月的風把這夢兒吹破，
朝陽已偷偷地塗紅它的面孔。

一朵浮雲從遠方悠悠飄來，
穿著白色衣裙，舞步輕盈；
小湖立即泛起情感的漣漪。
身邊小草竊語它自作多情，
白雲瞧見這含情脈脈的小湖，
遂把倩影深深地投在它的心中。

小湖把白雲緊緊地擁抱，
希望它不要再到處飄零，
當小湖正在訴說纏綿的衷曲，
懷中的白雲已飄去無踪；
小湖又望著青空呆呆發癡，
身邊小草發出譏諷的笑聲。

原載《自由青年》十一卷六期

暴雨前夕

低沉得似將坍落下的雲天，
賴幾座山頭鼎力支持；
奔馳在林間的風，
飛報雲後的消息。

驚恐的山村，蓬頭的茅屋，
緊拉著小徑的手，
在低氣壓下喘息；
田野塗上一臉沉悶，
牛羣已跟著主人歸去。

謠傳當空的太陽失蹤了，
暴雨從西北方登陸，

將以萬鈞之力向大地侵襲！

原載《大道》半月刊八十五期

民國四十七年六月一日

陋巷之春

當高樓大厦爭向天空迎接初春的暖陽；
那陰暗而被繁華遺忘的小巷啊！
仍厮守著那份陳年的寂寞和淒涼。

街頭上已是爭妍鬥奇的時候，
小巷依然穿著一襲破舊的衣裳；
褪色的矮牆抖不住半袖春風，
蜷伏的木屋殘留著狂風暴雨的創傷；
垢面的孩子在土堆裏找尋樂園，
自卑的狗拖著尾巴在巷口徜徉；
洗曬的衣衫如敗陣的旌旗，
紊亂地在小巷上空飄揚。

聽說春天早已來訪；
只有棵倔強的幼芽，從發霉的角落，
急忙地探出頭，向外面張望！

原載《中央日報‧副刊》
民國四十七年三月十四日

春雨

春雨落著，淅瀝，淅瀝……
大地如飢渴的嬰兒，
貪婪地吸吮著母懷的乳汁。

舒展的小河揚著清亮的笑聲；
掀起輕霧的薄紗，
偷看林叢赤裸裸的沐浴。

山邊的櫻花被誰吻過了；
嬌嫩而含羞的靨上，
留著幾滴歡樂的淚珠。

春雨落著，淅瀝，淅瀝……

我在歉收的田野上，
又趁機播下希望的種子。

原載《中央日報・副刊》
民國四十七年二月廿一日

老樹

將落的枯葉似稀疏的髮，
懸掛在門前老樹的枝椏，
夕陽餘輝抹在多紋的幹上，
依稀可映出昔日的光華。

終日站著像個沉思的哲人，
剛迎接晨曦，又要送晚霞，
不覺搖頭嘆息時光之易逝，
殊不知竟把它的頭髮搖下！

原載《大道》半月刊一三七期
民國四十五年七月一日

雨夜

夜曳著黑色的長裙，
從迷濛的遠方飄然而來，
習慣地又投宿在古老的旅店
——我們這些寂靜的山村。

這次彷佛夜有過量的哀傷，
連最喜愛的星月也沒扭亮；
當西北風刮開烏雲的百葉窗，
她卻又忿然將它們緊緊關上。

悲鳴、嗚咽、一片騷亂的動靜，
把我最留戀的鄉夢搖醒；
啊！夜正流著滿臉的淚汗，

熬受黎明誕生的分娩之痛。

原載《中央日報・副刊》一五四期
民國四十六年十二月廿二日

椰樹

藍天上掛著一面秋月的圓鏡，
昨夜已被薄雲的灰塵塗得模模糊糊，
修長的椰樹依舊揮舞著古老的風梳，
對著鏡梳理她那滿頭的愁絲！

她斷續地發出深沉的嘆息，
那是在憶念綠夏的悄然離去？
今晨和藹的陽光老人來訪時，
她臉上還留著露的淚滴。

原載《中央日報・副刊》
民國四十六年十一月廿日

寒流

寒流是隻兇惡的狗，
緊緊跟在北風的身後，
咬遍冬天的每個角落，
如今又竄進春天的門口。

林園的草木驚恐不定，
街頭上的行人畏縮打抖，
大家都盼望太陽把牠趕走，
太陽卻被禁錮在雲後！

原載《大道》半月刊一五四期
民國四十六年二月十六日

北風

北風的前哨已經來到，
冬夜急急把黑幕掛好，
居然也採行燈火管制，
將天上的星光統統熄掉。

林間揚起騷亂的動靜，
失踪的落葉又知有多少？
街頭上祇剩下一片荒涼，
電線發出悽涼的哀號！

人們多到夢鄉裏躲避，
北風何曾將他們忘記；
重重敲著關閉的門窗，

把他們拖回凜冽的現實。

原載《中央日報・副刊》
民國四十六年一月廿六日

蛙

是你——
在淒涼的深夜，
吟着小夜曲，
安慰著離人的心！

是你——
在潮濕的田地，
看守著禾苗，
忍受長蛇的鯨吞！

然而——
你這無名的英雄呀！
那些野孩子，

卻錯把你認做敵人……

原載《野風》四十二期
民國四十一年九月十六日

落葉

初冬驅走了綠色的季節，
大地上騷起一片驚恐，
北風的鐵騎穿過林間，
樹枝發出尖銳的叫聲，
它們那叩頭作揖的模樣，
似在祈禱，又似在求情……

那些依戀枯枝的黃葉，
從此踏上流亡的征程：
有的懷著翠綠的希望，
像流星滑落天空；
有的任憑命運的擺佈，
像斷蓬到處飄零。

有的落地時發出呻吟，
旋被捲進無邊的泥濘；
有的幾經踐踏蹂躪，
最後暴屍在道路當中；
沒有隻秋蟲來唱輓歌，
也沒有隻鳥來表示哀慟！

北風的鐵騎仍在竄擾，
樹枝已被剝得乾乾淨淨，
白天的陽光是那樣慘淡，
夜裏的星月又那樣清冷；
一切都在容忍著等待，
因為它們相信春天會來……

原載《中央日報‧副刊》
民國四十三年十一月七日

蝴蝶

一隻閃著光輝的蝴蝶，
悄悄地飛進我的書房，
沒待我示意歡迎，
就落在我凌亂的書架上。

它伸展開美麗的雙翅，
默默地望著我不聲不響；
是來分擔我的寂寞？
還是要我給你畫像！

我們相視良久良久，
喜悅掛滿我的面龐，
它卻鼓了鼓雙翅，

又悄悄飛出我的書房。

是否因爲這裏寂寞過多，
無法分擔它的分量？
還是因爲我的畫筆笨拙，
不能實現你的願望？

原載《中央日報・副刊》
民國四十三年八月一日

黃昏之戀

落日吻別深秋的枝椏，
河面塗滿絢麗的彩霞，
山鳥唱起歸去之歌，
黃牛把牧童馱回了家；
橋頭人，你在等什麼？

橋頭人，你在等什麼？
晚鐘的聲音已經失落，
夜幕也已悄悄地降下；
莫待短笛吹愁了鄉思，
飄雲載不過遼濶的海峽！

原載《中國學生週報》
民國四十三年一月廿九日

放鵝女

夕陽投進沉默等待的西山，
黃昏召來歸鳥對對、漁帆點點，
盼家的鵝羣已踏上溪畔，
妳怎還在那裏流連忘返？

溪流披上彩霞的晚裝，
是爲趕赴大海的盛宴，
而妳還在癡癡等待什麼，
莫非東鄰那個薄情的少年？

茫茫村野塗上淡淡雲煙，
趕不上盛宴的溪流在低聲哀怨；
不要因此而傷心悲歎，

妳還有個更美麗的明天！

原載《文藝日報》二卷九期
民國四十四年九月十五日

清道夫

塵封的兩眼剛剛閉攏，
報曉的鷄又把喊醒……
拖起衰老的木頭車，
壓碎城鄉底夢；
揮起褪色的竹掃帚，
再抹掉滿天殘星……

蓬頭垢面的大路，
疲憊地躺在面前喘息；
滿懷汚穢的小巷，
瞪著幽暗無光的眼睛；
它們是多麼歡迎、感激，
當掃帚拭過它們的面孔。

汽車掠過，吹著口哨；
行人踏過，滿身輕鬆；
可是有幾人知道…………
那是用血汗洗淨…………

原載《大道》半月刊七十二期
民國四十二年九月十六日

春天的落葉

正是百花爭妍的時節，
你卻離開了綠色的枝椏；
只是爲了追求一個夢，
便到處流浪，忍受踐踏。

你想投進綠茵的懷抱，
解脫你滿身的疲勞，
那嫉妬的風偏來把你折磨，
使你飄泊不定，流離失所。

你想借宿花叢的身邊，
便訴出你留駐的心願，
那無情的雨偏來把你欺騙，

使你陷入泥沼，飽嘗辛酸。

從此你的命途更加坎坷，
然而能博得幾許同情？
只是爲了追求一個夢，
你默默地承受所有苦痛！

原載《中央日報・副刊》
民國四十五年四月十九日

榕樹

凛冽的寒流把你凍得抖抖戰戰，
撒野的狂風把你撕得破破爛爛；
你像個流浪的吉普賽人，
搖幌在我這冷落的窗前。

白天你望著藍空默默無言，
夜裏你掛著殘月長吁短嘆；
苦風吹，你彈起撩人的心曲，
淒雨落，你哭泣得淚水漣漣！

昨晚你把頭探進我的窗口，
似在訴說你心中的哀怨；
請問你是否有個溫暖的家，

也像我一樣不得歸還？

原載《大道》半月刊一三〇期
民國四十五年二月十六日

牛與車

拖著輛笨重的板車，
喘息在那坎坷的道上；
艱辛的腳步緊敲著路面，
表達出你內心的音響！

縱然天天有風吹雨打，
還是把生命的里程步步丈量；
何嘗不想擺脫這陳舊的傢伙，
只因它是主人生活的依仗。

且看身旁的轎車飛馳如梭，
弄得你眼花心慌；
而主人那支裂肉的皮鞭呀！

偏又狠狠落在你的身上。

原載《大道》半月刊一三二期
民國四十五年三月十六日

小草

深夜裏小草切切私語，
好像在討論今後的歸宿；
因爲寒流正節節進逼，
要把它們這一代的生機窒息。

它們沒有恐懼，沒有嘆息，
侵害從未屈服它們的意志，
多次的踐踏蹂躪都已嘗過，
天涯到處仍然佈滿它們的足跡。

卽使風暴會捲走它們的遺體，
下一代的種子卻因此播散四處；
一犂春雨，它們會從泥土裏躍起，

一陣春風，它們會豎起綠色的旗！

原載《中央日報・副刊》
民國四十四年十二月八日

蟬

仲夏的太陽還沒起床，
你就飛來庭院歌唱，
是爲了生活，抑是榮耀？
竟這樣不休地奔忙！

多少綺麗的夢正酣正濃，
都被你一一吵醒；
有的咒罵你多嘴多舌，
有的露出厭惡的神情。

你該回到多林的鄉野，
這裏不是你淘金的地方；
縱然你再唱得響亮，

也不會有人對你讚賞。

原載《中央日報・副刊》
民國四十四年七月廿三日

潮

奔來的潮拖著疲乏的腳步，
對海岸發出沉痛的嘆息，
巖石老人曾幾次地挽留，
但它似懷著滿腔心事；
悒悒而來，又悒悒而去。

是否在擔憂那塊受難的土地？
而我也患著嚴重的鄉思！
潮啊！當你歸去，
千萬帶著那些被遺棄的貝殼，
我這裏還有千百個祝福。

原載《大道》半月刊一一九期
民國四十四年九月一日

藤與草

有棵青葱而繁茂的蔓藤，
得意地爬上高拔而衰老的梧桐，
它不時譏笑那些掙扎在
泥土裏的小草，
祇能在地面上匍伏它的征程；

它以爲能和鄰近的林叢比高，
能無礙地俯瞰大地，仰視青空；
傍晚時能最後吻別落日，
清晨時首先迎接太陽的上升；
有時還敢伸手探摸路人的腦袋，
卻不像小草反被路人踐踏、欺凌。

—105— 草與藤

昨夜忽然襲來一場風雨，
扔去了梧桐那條衰老的生命；
地上的小草依舊迎風招展，
蔓藤卻被埋葬在爛泥之中。

原載《大學雜誌》
民國四十四年九月廿二日

黎　明

晦暗騷起惶惑驚恐的時辰，
風暴撕裂著原野滋長的生命；
落魄的破雲到處竄奔、逃避，
大海裏潛伏的巨浪在掀動！

一待緊迫和紛亂的聲息漸息，
顫抖的大地從暈迷中蘇醒；
我們會看到朦朧的東方，
將有萬道燦爛的曙光上升。

原載《現代文藝》
民國四十四年二月廿五日

河邊之夜

在枝頭撥弄七絃琴的風，
無影無踪地走了；
走後，留下一片寂靜。

天才歌唱家 流水，
仍在尋找它的知音，
用那清脆而柔揚的歌聲。

躺在河邊的小船，
乖乖地熟睡了，
夜霧的夢輕輕罩著它的頭頂。

天空頑皮的星星，

在月亮的雲裙裏捉迷藏，
弄得怕羞的月亮怪難爲情。

原載《中央日報・副刊》
民國四十六年二月廿五日

山野篇

茶棚

四根竹子支撐著屋頂，
從攔不住過路的風。

白天顯得有點冷落，
傍晚才招來三五老農。

梯田

梯田又在孕育綠色的小生命了，
上週農夫才給它播下種子；

風把消息輕輕向四周傳遞，
農夫的歡樂裝在心裏。

浣衣女

年華似擣洗的彩衣，
隨時間的流水漸漸褪失。

倒映在水中的倩影啊！
愈近黃昏愈模糊。

三家村

揷秧時節，三家村剩下一片寂寞，
只有隻無精打采的狗在街頭巡邏。

原載《中央日報・副刊》
民國四十七年四月十二日

四、感懷篇

感時憂傷，
青春易逝；
懷舊添愁，
命途坎坷。

無錨的小舟

我是隻無錨的小舟，
在風雨吹打的海裏飄流，
舷板烙滿浪濤的痕疤，
歲月的影子更深深刻在船頭。

划過多少湍流與暗礁，
熬盡多少寒夜與霧晝；
前途依舊茫茫無邊，
又有何處能夠停留？

固然也曾遇到過安適的港，
只不過添增旅途的哀愁；
我必須時時與風浪搏鬥，

因爲我是隻無錨的小舟。

原載《中央日報・副刊》
民國四十四年二月廿八日

不眠夜

月光爬進我的窗，
停在床前不聲不響；
啊！你是來偷聽我的心聲，
還是來借宿我的房？

輕風穿過花叢，
弄得花影東西搖幌；
啊！你是在躲避他的追求，
還是在裝作撒嬌的模樣？

青蛙的鼓聲息了，
壁虎又把沉寂叫響；
啊！你們是來高聲談情，

還是來雙聲合唱？

我輾轉躺在床上，
心園是一片迷惘；
啊！我是在夢鄉遨遊，
還是在夢的門外徬徨？

原載《中央日報・副刊》
民國四十四年三月廿八日

今天

莫望著日落長吁短嘆，
惋惜這將逝去的今天；
沒曾好好播下希望的種籽，
讓生活的曠野仍空白一片。

溜過去的，永不復還，
一切都攔不住時間巨輪的飛轉；
不過，要有個豐碩的秋收，
栽培的時機還不太晚。

抖掉那些沉重的嘆息，
把慚愧的汗滴一一拭乾；
趕快備好拓荒的犁耙，

等待、迎接美麗的明天！

原載《當代青年》八卷四期
民國四十三年十一月

迷惘

我像迷失在蓊鬱的叢林，
找不到個嚮導指引，
荊棘埋沒通往希望的小徑，
四周儘是荒草叢叢陰氣森森……

祇有從那漫漫的濃霧中，
傳來孔穆斯誘惑的聲音，
那聲音將我的意識捕捉，
使嚮往的腳步向它移近。

當我正要投進他那幻象的宮殿，
理智卻突然發出呼喚的聲音：
啊！前面是片無底的苦海，

莫貪一時安樂而永遠沉淪！

原載《大道》半月刊一〇二期
民國四十三年十二月十六日

啓示

寒流猖狂的殘冬，
孕育了一個綺麗的陽春。

狂風暴雨的黑夜，
誕生出一個美麗的淸晨。

飢寒交迫的環境，
鍾鍊出一條健壯的好漢。

痛苦多難的時代，
創造了一個富強的國家。

原載《大道》半月刊六十六期
民國四十二年八月十六日

幻想

幻想是個斷線的紙鳶，
得意地在長空裏東西飄搖，
自以爲能賽過那矯健的老鷹，
眼底從看不見那啁啾的小鳥。

輕霧裏搭起安適的家，
借彩虹作通向天堂的橋；
賴星光指引探訪寂寞的嫦娥，
乘白雲的船遊遍天涯海角……

就這樣在長空裏東西飄搖，
遠方的風雨卻漸來漸近了；
當所有的幻景消失，

身體已跌進苦惱的泥淖！

原載《中央日報・副刊》
民國四十三年八月十九日

盲笛

當晚鐘敲落了黃昏，
才知道踏進了夜的大門，
乃把知己的小笛拾起，
開始吹奏那哀怨的心……

習慣地穿過那熟悉的幽巷，
讓竹桿作了命運的領航人，
幾曾尋獲那失落的幻夢，
幾曾召回那褪色的青春？

乃用瘦影摸摸冰冷的大地，
再讓笛聲把過路的陌生客吻吻；
唉！已經吹寒了夜風，

知音又向何處尋？

原載《大道》半月刊八十六期
民國四十三年四月十六日

年節

年節是時間過程中的橋梁，
它的兩腳橫跨在新舊的岸上；
一邊儘是滿被風塵的過去，
一邊正閃著萬丈希望的光芒。

旅客們初次踏上這座橋梁，
莫不縱酒高歌喜氣洋洋，
總以爲在這茫茫的前面，
能尋到明媚季節的旖旎風光。

踏過的橋很快地又落在後方，
路程還是那樣坎坷那樣悠長；
猛擡頭前面的橋又來臨，

生命的酒杯已摻上一半感傷。

原載《中央日報・副刊》
民國四十四年元月廿三日

青春短笛

夜裏我常把青春的短笛吹響，
醒來祇是空虛的幻夢一場；
望著星天我唱隻招魂的歌，
歐聲裏儘是淒涼與悲傷！

我想把短笛的音調刻上記憶，
但它卻如輕煙一樣的渺茫；
我試著再吹奏那青春底短笛，
它卻變成一枝無眼的木棒！

原載《聯合報・副刊》
民國四十二年七月十一日

忘掉

我想把它統統忘掉，
它卻像噩夢把我的心隙纏繞；
透支了我的情感，
又把我的希望弔銷。

我想把它統統忘掉，
它卻把我的記憶緊緊拴牢；
佔據了我的夢境，
又攪亂了我的思潮。

原載《聯合報・副刊》
民國四十二年十一月十八日

播種

曾爲著白白逝去的歲月，
我唱啞了一支哀怨的輓歌；
不願讓生活的曠野一片荒涼，
乃又把希望的種籽顆顆撒播。

希望的嫩芽萌動我多少幻想，
鮮豔的蓓蕾逗起我多少快活？
暖陽正要吻開它的笑臉喲！
粗野的風暴卻把它狠狠折磨。

我望著荒涼的生活曠野，
看時間的列車又載走了臘月；
啊！過去的，就讓它過去吧！

我又準備起撒播希望種籽的工作。

原以〈無題〉發表在《青年嚮導》一卷一期

民國四十三年一月

迎春曲

沉默的星星掛滿殘冬的藍天，
哀傷的風悄悄投進夢幻的林間；
是誰把迎春曲譜上三絃琴？
讓它一聲聲、一聲聲滴進我的心田。

我的心田原躺著一條希望的流泉；
爲了尋覓那生命的春天，
曾拋離幽谷，奔出深山……
不料被一場憂鬱的寒流凍結癱瘓。

從此生活的領域儘是風沙漫漫，
沒有蝶邂逅，沒有花招展，
連吹鼓手的蛙兒也早日冬眠；

希望的流泉在封凍下沙啞的吶喊……

當迎春曲滴進我的心田；
歌唱的希望的流泉呀！
抖掉風沙，踏著輕快的腳步，
向生命的原野尋覓春天！

原載《大道》半月刊六十二期
民國四十二年四月十六日

年

在黃金色時間的碼頭上，
又聚滿了送舊迎新的人羣；
在無邊歡樂的動靜裏，
夾雜著些許感嘆的聲音。

一九五七年剛搭上歷史的船，
從懷念的港口，
匆匆駛向回憶的彼岸；
一九五八年正揚著平安的帆，
從輕霧中破浪而來，
漸漸靠近大家的跟前。

我，一個幻想的追求者，

縱然虛擲了不少寶貴的時光，
但又向新年獻上所有的希望！

原載《中央日報・副刊》
民國四十六年十二月廿六日

青春的留駐

青春的留駐像滴白色的朝露，
絢麗的時間是那樣短促；
剛張開笑臉迎向太陽，
旋即無影無蹤的消失！

春婆娑的舞步尚未止停，
春歌唱的聲音還在耳際；
轉眼垂綠的樹又飄起紅葉，
凋謝的花朵跌落進水泥。

誰都曾揚鞭在希望的征途，
誰都曾吹響青春的牧笛；
但有幾人的征途是一帆風順，

有幾人的笛聲全是笑的音符？

打從現實追趕到夢裏，
又從夢裏摸索進回憶，
還能尋回那失去的朝露？
啊！火傘的烈日正掛在中午……

原載《大道》半月刊六十七期
民國四十二年七月一日

無題

我曾有一顆活潑跳躍的心，
如今已蒙上重重抑鬱的灰塵；
春風是從我門前悄悄過去的，
秋雨卻拋下無數淒涼的腳印！

夜裏我用淚把這些腳印洗盡，
聽著過去的春風黯然失神；
我想乘夢的船把它追趕，
杜鵑偏用啼聲把這條船擊沉！

原載《聯合報・副刊》
民國四十二年十一月十日

鳥底悲歌

當我鼓足了希望的翅膀，
正朝向遙遠的春天飛翔；
是你一聲聲甜蜜的呼喚，
說你那裏有甘泉和米糧。

當我飛落在你庭院底樹上，
正尋覓甘泉和米糧的地方；
又是你一聲聲甜蜜的呼喚，
說竹籠才是最美麗的天堂。

當我禁錮在你的竹籠裏悲傷，
滿腮的熱淚打不動你的心腸；
你卻伸出那隻粗暴的黑手，

狠狠地把我抛在貓的身旁……

當我無力地掙扎在貓的手掌，

依稀又聽見你那無耻的撒謊，

向著飛翔在長空裏的鳥兒，

說竹籠才是最美麗的天堂。

原載《聯合報・副刊》

民國四十二年四月廿五日

失去的星

——為失去的、幼年時的恩人而作——

有一顆閃耀的亮星，
嵌在長夜裏的青空。

當我在無盡的黑暗裏摸索，
它給我一盞智慧的小燈，
照清我迷惘的路向和悒鬱的心靈。

正當我踏上坦平的大道，
驀地襲來一陣暴雨狂風；
泥濘中，我依舊跋涉前進呵！
祇憑著心靈上那點殘留的光明。
如今，青空的夜又來臨，

卻不見那顆閃耀的亮星；
我尋找著，到處尋找著，
呵！終於發現了，
在人生道上，有它刻下的愛底墓誌銘。

原載《大道》半月刊九十一期
民國四十三年七月一日

鳶之歌

撕截斷母子的牽線
是一陣紅色的風暴；
在無邊的長空裏，
我跟著命運飄搖！

向藍眼睛的海洋飄，
向綠頭髮的山嶽飄；
屋頂栽過觔斗，
夜半摸過樹梢。

飄呀飄呀飄。
那裏是歸宿？
但願投進窮人爐底，

當把柴草燃燒……

原載《新詩》週刊
民國四十一年九月十五日

風

紅綠酒的杯中，
滋潤著些蒼白的生命；
華爾茲的旋律裏，
搖幌著些痲痺的靈魂；
他們辨不清，
白晝和黑夜的顏色；
他們聽不見，
窗外有風暴的聲音。

他們善用人家的血汗。
修建他們幸福的階梯；
她們善用舶來的脂粉，
塗染她們褪色的青春；

痛苦的世間裏，
已享盡人生樂趣；
還要祈禱上帝，
為他們敞開天堂的大門。

原載《旭日詩刊》創刊號

訴

燒盡了的房屋，
徘徊著些飢餓的老鼠；
荒蕪了的田園，
盤據著些長蛇封豕，
孩子，你還記得嗎？
那就是你先代的遺址。

拖著長長鎖鏈的，
拉著沉重的軍車的，
街上扭著秧歌的，
路旁躺著呻吟的，
孩子，你還認識嗎？
那就是你先代的後裔。

你該記得清楚，
烽火怎樣吞沒了你的幸福；
你該看得清楚，
鮮血怎樣濺紅了你的記憶；
你更該聽得清楚，
誰用沉痛的聲音，
呼喚你：歸去，歸去！

原載《旭日詩刊》創刊號

矛盾

每當煩惱封錮了我的心，
我眞想跳出這紛囂的紅塵，
到深山敲一生青磬銅鐘，
讓靈魂靠近無語的神。
但我又怕寂寞把我鎖住，
神不能給我解答疑問；
春風又吹醒了睡熟的慾望！
我又輕輕去扣希望底門。

原載《大道》半月刊八十一期
民國四十三年二月

五、鄉愁篇

有家歸不得，
鄉愁才會剪不斷；
有娘不得見，
午夜夢回常思念。

思鄉

月朦朧，
雲漫盪；
遙望家鄉——
心底悽愴……

心底悽愴；
遙望家鄉——
山隱隱，
路茫茫………

原載《聯合報·副刊》
民國四十二年四月十二日

思母

母親那溫暖的懷抱，
是個最安適的港，
沒有寒冷的風雨，
也沒有驚險的海浪，
慈愛是它永恆的太陽。

自從我漂泊離開那個港，
時間已把九個秋天埋葬，
多少次我曾想回航啊，
紅色的風暴卻在阻擋。

昨夜，我承夢的領航，
偷偷地划回母親的懷抱，

拋下了想思的錨；
母親用豆大的淚珠，
綴滿我多塵的髮梢。

原載《聯合報‧副刊》
民國四十二年九月十三日

晚歸

遊倦的鳥紛紛飛返溫巢，
落日微笑著沉向西方；
異鄉的孤雁拖著瘦影，
又在陌生的森林上面徬徨。

對對海鷗尋找棲息的岩穴，
揚帆的船投進黃昏的港；
而我卻躑躅在啜泣的海之濱，
又在眺望煙雲埋葬下的故鄉。

原載《香港時報》
民國四十四年二月一日

歸帆

莫久戀寶島旖旎的風光，
莫沉醉自由聖地的甘泉；
遙望祖宗荒涼的墳田，
還不整裝升火快快歸還?!

固然這裏到處是春天，
固然這裏到處是樂園；
可是日夜流淚的老母，
不正淒切的向你呼喚?!

海那邊沃野變成荒漠，
海那邊城鄉在飢寒裏打轉，
那裏是我們的故土呀！

怎能久讓豺狼任性摧殘。

你驚恐狂風暴雨會來襲擊，
你擔心怒濤駭浪會來挑戰？
不要怕，抖擻起精神，
把正我們的舵，勇往直前！

莫久戀寶島旖旎的風光，
莫沉醉自由聖地的甘泉；
乘風破浪歸去吧！
重整我們破碎的家園。

原載《幼獅》月刊十期
民國四十二年十月

相思

我徘徊在夕陽殘照的海邊，
你徜徉在溪水繞過的村前；
我只聽見哭嚎的海浪濤濤，
你只聽見啜泣的清流潺潺……

我又翻開那頁塵封的記憶，
重溫你那用淚滴標點的別言；
你又踏進那個飄渺的夢幻，
復尋我那掛滿風霜的容顏。

我徘徊直到夜把天星扭亮，
你徜徉直到風把黑夜吹寒；
我高聲呼喊我要回去啊！

你默默祈禱我早返家園。

原載《大道》半月刊一一六期
民國四十四年七月十六日

飄

似一片被風暴吹落的樹葉，
離開故枝，到處飄流，
如今已飄過十個不同的春秋！
路途中涉過幾條苦難的河，
生活裏飲盡幾杯辛酸的酒？
但越來越重的，是鄉愁！
多少次搭上還鄉的夢舟，
可嘆茫茫大海無邊際，
摸不著故鄉的岸頭！

原載《大道》半月刊一七〇期
民國四十六年十月十六日

別後

時間拖著蹣跚的腳步，
一秒一秒在別後的路上行走；
沉甸甸的相思何時才寄到你面前，
細述寂寞已爬滿我的心頭？

夜夜我都盪起夢的雙槳，
沿回憶的路，划到你的窗口；
黎明卻嫉妒地阻止我久待，
讓我載回滿船的悵惘與憂愁！

原載《中央日報・副刊》
民國四十七年四月廿三日

縫衣淚

苦風在樹梢間尖聲喊叫，
淒雨在屋簷底沉痛哭泣，
深夜獨伴慘淡燭光的媽，
正爲兒急急趕著縫衣！

線線串起顆顆酸淚，
針針縫上纏綿的惦記；
啊！異鄉的天氣比家冷，
媽的心是最敏感的溫度計。

四更沉重地敲過了，
黑暗將把流淚的燭吞沒；
呆呆竚立在窗前的媽，

借問蒼天寄何處？

原載《中央日報・副刊》
民國四十三年十一月廿一日

心曲

我懷著過量的感傷；
因爲我把生活的兩足，
橫跨在冬春兩季的河岸上：
一面流連冬日飄雪中的孤寂，
一面嚮往春天花開時的風光。

我懷著過量的感傷；
因爲我把我完整的心，
分繫在兩塊不同的土地上：
一塊是被紅流淹沒的鄉土，
一塊是讓我自由呼吸的地方。

原載《中央日報・副刊》
民國四十四年三月十九日

思母夢

夜夜，我像聽見沉痛呼喚的媽，
借了個夢，我偷偷渡回了家；
相見是個哭泣而緊緊地擁抱，
面面相對，卻說不出半句話；
直到淚水潤笑了媽悲愁的臉，
才開始問我爲什麼不早回家；
啊喲！晨鷄突然把夢喊碎了，
我呆呆望著太陽又爬上枝椏！

原載《大道》半月刊八十一期
民國四十三年二月

秋夜

我剛投進幻夢的旅店，
秋風的信差就路過窗前，
它扣著門扉輕輕說：
喂，流落異鄉的遊子，
是否有消息捎回家園？

天邊的鈎月像條古老的船，
正停泊在雲海的港灣，
它似頻頻地向我招手：
喂，流落異鄉的遊子，
是否要搭這條西去的船？

原載《中央日報・副刊》
民國四十四年十月廿七日

過去

跨過年節，這座今昔分界的橋梁，
留戀地又向對岸的過去望望；
串串往事似飄渺的輕煙，
在記憶的天際忽隱忽現；
舊的希望多如未結實的落英，
漸漸被時間的灰塵埋葬。

過去是個門禁森嚴的王國啊！
一如我那被恐怖封鎖的故鄉，
拒絕所有離去的人探訪；
但卻又賜我以幻夢的雙槳，
徒讓我在它的門外日夜徬徨！

原載《中央日報・副刊》
民國四十七年二月廿四日

六、戰亂篇

戰亂是人類的悲劇，
它葬送多少人的幸福，
又製造多少人的傷亡！

初征

歡送的鞭炮震天動地，
我隨著救亡的浪潮遠去，
母親，不要日夜嘆息；
你看千百萬的伙伴們，
那個不是他媽的愛兒？

如果在炮火交織中，
我躺下永不再站起，
母親，千萬不要悲泣；
從此爲自由奮鬥的歷史，
會添列你兒子的名字。

原載《中央日報·副刊》
民國四十四年五月廿三日

寄前線

海風吹寒九月的黃昏，
黃昏又燃起槍炮的火光；
這時你們正臥在發潮的戰壕，
用機警監視著茫茫的前方。

前方是片日夜泣訴的大海，
豺狼正在大海的彼岸發狂；
爲了保衞這最後的自由堡壘，
你們已把生命的箭搭上！

你們在人類的心坎裏，
原已寫下最燦爛的詩章；
不要躭心這次的後路，

我們將執著火炬跟上！

原載《中央日報・副刊》
民國四十三年十月十日

悼

在爲爭自由的搏鬥中，
朋友，你慷慨地倒下；
沒有嘆息，沒有呻吟，
以最後的微笑代替遺囑。

我已握緊你留下的劍盾，
跨上你浴血的戰馬；
一待號角吹響，
決使敵人不留片甲。

原載《大道》半月刊一一二期
民國四十四年五月十六日

等待

拉滿憤怒的弓，
搭上復仇的箭，
等待反攻號響，
射向
赤魔的心眼。

懸起凱旋的旗，
備好還鄉的帆，
等待月落潮昇，
駛向
大海的彼岸。

原載《大道》半月刊六〇期
民國四十二年三月十六日

遙望

從雲貴看到漠北，
從葱嶺望到海邊，
——一片痛哭叫絕，
——一片殺聲連天，
——一片赤色恐怖，
——一片無垠荒原，
這四年，那塊土地呀！
沒開個歡笑的春日，
沒結個豐滿的秋天，
日子在刀尖上觳觫掠過
生命在死難裏呻吟流轉
珠江，長江，
訴不盡離愁、哀怨；

黃河，黑水，
挨不盡皮鞭、鎖鏈；
汚腥旗下，
那害瘟疫的都市呀！
嘔出了心肝；
土改聲裏，
那遭癱瘓的鄉村呀！
榨盡了血汗；
催命的封條，
貼滿窒息的城鎮；
沉重的枷鎖，
套緊垂死的莊園；
死亡跟著「參軍」，
飢餓跟著「捐獻」；
每天，每天……
倒下去的人，

成千成萬……
呵！那就是故土呀；
——野狗在骨堆上狂歡。

原載《新生文藝》
民國四十二年四月十八日

三代

祖父——
像匹瘦乾的老馬，
馱著個破產的家，
走不完飢寒的路，
嘗不盡風吹雨打，
直到被死神截住，
才安寧地僵在地下！

父親——
「抗美援朝」還不了家，
一具薄棺材，
埋在異國天涯，
烏雲白雪戴孝，

憑弔者——幾隻瘦鴉。

孩子——
不認識爸爸，
也不知道家，
扭秧歌嘻嘻哈哈，
爲了「小英雄」的頭銜，
逼著守寡的媽媽改嫁！

原載《祖國》週刊四十四期
民國四十二年十一月十一日

哀歌

野狗，得意地
拖著尾巴，
啣著骨頭，
一隻、一隻，
溜過去，
溜過去……

孩子，僵硬地
張著要奶的口，
躺在地上，
媽，滿口的野菜，
嚼不出滴奶汁；
就讓孩子連同媽的心，

一起拋在河邊、路旁……

廣場上，
又擠滿了
哭的、叫的、
呻吟的、咒罵的，
赤色的皮鞭下，
一批、一批，
又倒下去，
又倒下去……

原載《新生報・副刊》
民國四十一年九月十九日

春天裏

春天裏，
大陸的上空
刮滿了西伯利亞的風沙，
貧血的城鄉
飽嘗著北極的寒流；
原野
鎖在恐慌裏，
白骨 到處
閃著燐光。
大地，
張著飢餓的口，
敞著不毛的胸膛；
癡望著

被雲埋沒的太陽……

原載《新生報・副刊》
民國四十一年四月十八日

逃亡者

寒流底下的逃亡者……
思想像爆發的火山，
熱血像澎湃的江河，
沒有召集：結成鋼鐵的行列；
沒有指引：方向祇有一個。

他們來自癱瘓的城鎮，
他們來自貧血的村落；
他們衝破了飢餓的防線，
他們衝破了恐怖的封鎖；
祇爲了一個信念——自由的生活。

他們蓬亂的頭髮直冲雲天，

他們急促的呼吸譜成憤怒的歌，
他們豎著耳朵：諦聽黎明的消息；
他們張著嘴吧：不說什麼，
祇用眼睛把反攻的號召傳播。

寒流底下的逃亡者呀！
在飛沙走石的黑夜，
燃著希望的火把，
邁著堅強的步伐，
正朝向東方摸索……

原載《新生文藝》
民國四十一年十二月廿七日

神聖的勞動者

田野披著厚厚的風沙，
白骨到處閃著燐光；
河溝擁抱著冰冷的餓殍，
紅眼的野狗得意地在徜徉；
生銹的犂耙墾不開封凍的泥土；
枯乾的老牛早被拉去運送軍糧；
神聖的勞動者一一戴著鎖枷呀！
瞧，「土改」底皮鞭，不又
狠狠地抽在農民們飢餓的身上！

城市在離亂裏哀傷，
恐怖鎖著每個地方；
商店閉著嘴不再喧嘩，

誰敢再來照顧斷魂的市場?!
癱瘓的工廠封滿了蜘蛛網，
健壯的機器早被拆運淨光；
神聖的勞動者一一拖著鏈索呀！
瞧，「五反」底刺刀，不又
深深地陷入工人們悲憤的胸膛！

原以〈紅色勞動歌〉刊載《大道》半月刊六十三期
民國四十一年五月一日

給樂師

呵！樂師，
暫且停止你綠色的晚會，
暫且收起你緋色的樂章；
把鋼琴擡到街頭，
把提琴靠近鋼鎗。
用喇叭
把千百萬人的心聲放出，
用五線譜
譜上兵、農、工、學、商的大合唱。
讓撥弄的音調，
劃破東方的黎明；
讓彈奏的聲浪，
嚇退那些魑魅魍魎。

呵！樂師，
是時候了，
該來支「反攻」樂章。

原載《中央日報・副刊》
民國四十一年六月十八日

祖國的列車

滿目瘡痍的大地在撼動；
祖國的列車呀！
在烏雲滿天的黎明馳騁。

它載著黃帝子孫的命運，
它載著悠久歷史的文明，
係來自古老黃河的門前，
要馳向自由平等博愛的聖城。

幾經風雨的吹打，不曾灰心，
幾經荆棘的羈絆，不曾止停；
輾過了，輾過了多少痛苦的歲月，
但不幸又遭遇了赤色的泥濘！

當時四周襲來的冷風熱潮多濃，
當時四周咆哮的虎豹豺狼多兇；
然而，祖國的列車呀！
依舊奮力的向前馳騁。

而今已滾過了千山萬水，
終又趕上了時代的前程；
看哪！逡巡不前的國家讓開，讓開，
原曾失望的友邦也呆望著發怔…………

原載《新生文藝》
民國四十二年二月廿一日

七、寶島篇

含茹苦辛，
孕育自由；
斬荊披棘，
創造均富。

七、賣唱篇

常綠島的畫像

常綠島是個熱情美麗的姑娘，
恬靜地躺在太平洋的綠氈上，
海風給她沐浴，海浪給她歌唱，
她呀！望著星天，凝思，幻想。

日月潭是她深邃迷人的大眼睛，
阿里山是她豐滿隆起的小乳房；
圍腰的銀帶是長流的濁水溪，
綠嶺、稻田編織成鮮麗的衣裳。

高高的椰樹是她秀長的鬢髮，
理著亂髮的梳子是缺圓的月亮；
晨昏的彩霞是她含羞時的面龐，

地震、颱風是她動怒時的模樣。

她愛唱粗獷的山歌，跳土風自由舞，
西瓜、鳳梨菠蘿是她衣著上的珍珠，
嘴角永遠塗著香蕉製的唇膏，
蔗糖是她流出來凝結的奶汁。

她曾使豪富的紅毛心魂顛倒，
也曾使克里姆宮的黑手老板垂涎；
但她不怕迫脅不愛金錢，
因爲她有個永恒的愛人在大海彼岸。

啊！她的愛人在飢寒裏挨受皮鞭，
日日夜夜聽得見他哀痛的呼喊；
如今，她燃起了復仇的火把呀，

披上戎裝，等待反攻的一天。

原載《臺大學生導報》
民國四十二年十月卅日

臨街

窗口是個放大的鏡頭，
可望見街頭上無盡的人流；
從曙光揭開時間的黑幕，
我就有這份豐富的享受；
有時直到星月點亮藍天，
我還憑著窗依依不走。

商店內有嬌艷的百花弄姿，
外面有五彩燈向顧客招手；
小販們揚著沙啞的喉嚨，
廣告喇叭張著嘴吹牛；
算命先生爲行人指點迷津，
擦鞋兒童替趕路者加油。

載樂的轎車賽過流星，
古老的板車慢如蝸牛；
老祖母用蓮步丈量著里程。
摩登女郎清亮地敲響街頭；
匆匆忙忙的，似在趕赴宴會，
左顧右盼的，像有所尋求。

縱然時光在奔忙中流走，
街頭景色卻顯出繁茂的徵候；
昨日的荒地湧出擁擠的市場，
低矮的小屋豎起摩天大樓；
反看我自己這座住處，
幾番風雨竟弄得越來越舊！

原載《中央日報・副刊》
民國四十四年六月四日

西子灣的黃昏

黃昏移近沉靜的西子灣，
悄悄替她垂下灰色的帳幔，
然後點亮遠天稀疏的星星，
好讓她同岸上的風林細語暢談。

海的西方已被紅光照耀，
是那個暴君又在那裏狂歡？
且聽浪花向沙灘的傾訴：
那就是你們被劫後的家園！

海面上像凸起一塊陸地，
那是變幻的雲霞和海水相連；
有像簇簇的茅舍稀稀密密，

有像蓊鬱的老柏直揷蒼天。

緊靠海面的是條圍牆，
恰似中古時代的莊園；
附近放光的燈塔像漁火，
那裏躺著投宿的小船。

我眞想能渡到那邊，
但雲霞漸漸消失不見；
海風已經吹走了遊人的影蹤，
只有西子灣的聲音如哀似怨。

原載《文藝月報》二卷十一期
民國四十四年十一月十五日

成都路口

我站在五彩繽紛的成都路口
看夜又誘來無盡的人流，
他們從不同的方向來，
又朝不同的方向走。
摩肩接踵，但見攞動的人頭，
飛馳的轎車只得蓮步輕移，
這裏的燈光賽過白天的太陽，
這裏的服飾代表各種氣候。

盛裝濃抹的戲院向路人招手，
歡迎找消遣的到裏面享受，
爭妍鬥奇的商店豈能示弱？
也頻送秋波對路人引誘。

矮的房屋變成高的大樓，
高的大樓再比它們長高幾頭，
我看了有點眼花撩亂，
當我站在五彩繽紛的成都路口。

原載《大道》半月刊一六〇期
民國四十六年五月十六日

三月的臺北

一場春雨洗盡大地的灰塵和抑悶，
也帶來了和暖的春風和太陽，
久被寒流侵迫的臺北啊！
始向四郊舒展開它的臂膀。

陽明山道上，轎車如穿梭，
編織著陽春三月的圖案；
碧潭公路上，遊人如鯽，
齊向綠色的原野爭游。

於是，車站從早到晚，
吞吐著各色的人流；
城內的人急到城外去探春，

城外的人卻進城內來漫遊。

原載《中央日報・副刊》

民國四十七年三月廿日

到臺灣去吧

唉！可憐的孩子，
自從你被暴徒綁去，
屈指一算五年啦，
那時媽還一頭青絲，
你不過十七、八。

暴徒燒光了咱的家，
姊妹離散到天涯，
餓死了你的好爸爸，
又把咱的田地霸佔，
媽至今還留著皮鞭的痕疤。

媽的愁絲亂如麻，

哭腫了眼睛想白了髮，
等累了門口，
熬盡了秋夏，
你沒有個音信捎給媽。

這次你掙脫掉奴隸底鎖枷，
痛哭代替了歡笑，
擁抱代替了說話；
孩子，趕快拭乾眼淚，
到臺灣去吧！

原載《軍中文藝》五期

寶島頌

綠野，銀川，
叢林，青山，
織成錦繡的寶島圖案；
民主，自由，
平等，博愛，
構成幸福的東亞樂園，
從臺北走到高雄，
從新竹走到花蓮，
到處開放著豐年的歡笑，
到處吹奏著艷陽的春天，
三七五——
地主放棄了挖錢的袋，
放公田——

貧僱抛掉了討飯的盌，
都市，農村，
山地，平原，
一片喜氣洋洋，
一片克難增產，
看！那農、工、商、學在起舞，
看，那陸、海、空軍在鍛鍊，
等待著這麼一天
——反攻號角一吹，
百萬鐵甲渡海西征，
奪回大陸直指烏拉山！

原載《新生文藝》
民國四十一年四月十二日

八、詩論篇

詩的音樂性

人類表達情感，藉賴語言。而最優美的語言，便是詩。詩就是詩人將完美眞摯的情感思想，以激勵情緒、淸醒心靈的效果，並以潛在的影射、啓示的文字組合而成。詩之所以成爲最美的語言，不僅以其詞藻華麗、格式恰切，而且其文字本身或其意義的情節上，具有音樂性，亦爲一重要因素。因此，它能夠以個人流露出的情感，感動別人，引起共鳴；藉以變頹唐的心情爲激揚，化抑鬱的情緒爲活躍，使痛苦的靈魂獲得撫慰。

詩和音樂有密切的關係。就是在音樂的領域裏，有詩的存在；在詩的王國裏，有音樂的貫穿。從詩的發展、詩的本體，或詩的功效上，都是和音樂連在一起的。佛爾語：詩是寄寓於文字中的音樂，音樂則是聲音中的詩。詩人萊興認爲：自然的主宰好像不但要把詩藝和樂藝合併起來，而且好像要把詩藝和樂藝化合成爲一種同樣的藝術。而詩人格烈巴戴也認爲：各種藝術的界限是不應該分得太淸楚，否則音樂的藝術和詩的藝術決不會得到充分的發展。音樂爲擴大自己的範圍起見，不能不伸展到詩的藝術那邊去，一如詩的藝術要伸展到音樂裏面去一樣。所以說，如果音樂沒有詩歌，便不容易把情感思想表現得明快爽朗；詩歌沒有音樂，也不容易把情感思想表現得曲折入微。在血緣上，詩歌與音樂是分不清的。

從詩的起源上，我們可見到，詩的最初雛型，大多是決定於音樂與歌唱的。一般批評家認爲：民歌不但是最初詩的形式，同時也是最初的音樂的形式。這種民歌的構成，大都爲初民因感受大自然環境的變幻，周圍事物的刺激，原始性的心情之激盪，或欣喜、或歡呼、或興奮、或喟嘆；他們藉以表現的，便是詩歌，也可說是音樂。法國批評家法朗士曾說：初民的詩歌是和音樂分不開的。同時谷羅司說：原始抒情詩最主要的成分就是音樂。英國批評家哈賽夢茲說：抒情詩的文字之受音樂的調度，猶之音樂調度七音一般有些抒情詩中的字眼，除開音樂的意義外，儘可別無意義。無論在詩的起源，或詩在後來的發展中，詩不能脫離音樂的成分。詩經、楚辭、樂府，以及由唐詩演變下來的宋詞、元曲，大都含有音樂的情緒；甚或配合著音樂的。中國詩有音樂性的存在，西洋詩亦復如是。如以拉丁文寫成的抒情詩或敍事詩中，有所謂長短音律，英文詩中的輕重音律，以及中國詩中的四聲，同西洋音樂上的高低調，有部分的類似。因此，西洋文藝批評家認爲：詩歌是用音律的語言，表現想像的思想和情感，因而造成快樂的藝術。希勒格認爲：節奏是和詩歌一同生活的，無論在安提湖上或恒河上，凡有詩歌，便有節奏。虞書中謂：詩言志，歌言永，律和聲。詩中的音律、節奏，同音樂中的音律、節奏富有類似意義。所謂音律和節奏，是構成聲音美的先決條件。一首詩之能震動心絃，讓人們溢出共鳴的情感，節奏與音律的效果，也是不可忽視的。正如宗白華在其〈論新詩〉中所說的：詩的形式的憑藉是文字，而文字具有兩種作用：一、音樂的作用，從文字中可以聽出音樂式的節奏和協和；二、繪畫的作用，用文字可以描寫出空間的形相和彩色。所以優美的詩中，都含有音樂，含有圖畫。此可說明詩底音樂性之必然與必要。

現代詩固然有漸漸擺脫韻腳的束縛，而向自由體發展的趨勢，但無論如何是不能和音樂脫離關係的，就是新詩亦必須含有音樂性；即使不在規律上求音樂化，亦必須在詩的情緒上，或詩組的情調上，有音樂性的存在。沒有音樂性的詩，就如沒有風雨的季節，那將是枯燥而無味的，引不起共鳴，震不響心絃。在這種情況，詩的道路就會引向散文、雜文的範圍。相信在極短的時間內，詩便會失掉在文學中的地位。

原載《中學生文藝》九期
民國四十三年四月廿日

詩的啓示力

詩，是藉賴簡鍊的文字，因意識萌動而造成想像中的一種幻象藝術。此種藝術的構成，有音樂的旋律潛存，豐富的思想蘊藏，和眞摯的情感洋溢。所以，它能像和煦的春風，掠過開凍的原野，吹醒新生的胚芽；如夜半的浪潮起伏，壓碎寂靜的境界，給以深沉的遐思。

詩發源於內心所激起的情感，或因潛在意識的復蘇，或因受四周事物的感觸，由靈感的啓迪，文字的表達，再趨入情感的內心，使其泛起共鳴。所以說，詩是發自情感，而歸於情感的。無論原始之野蠻民族或現代之文明民族，其創作詩之動因，莫不藉文字以宣洩其內蘊的情感，而獲得精神上的愉快。以詩所掀起的情感，是眞實而持續的；以詩所激起的思潮力量是巨大而影響深遠的。詩所具有的情感，正如〈小夜曲〉給予遊子以深沉而幽怨的情感，〈馬賽曲〉給予法國人以英勇戰鬥的情感，〈革命練習曲〉給予波蘭人以挽回狂瀾的情感。

詩的功效，不僅給人以快樂舒暢的感覺爲圭臬，而且當以影響些什麼、感化些什麼爲目的。原始人的詩是樸實而簡單的，詩對於當時，固然以使人感到愉快爲主，但它的意味也常暗示些什麼，宣揚些什麼，使我們能藉此而瞭解他們的生活、心情的感受和事物的刺戟。

詩當具有潛在的教育意義，消極的能反映現實，藉此以審察民情的向背，考核政治之得失；積極的又能達到所謂「動天地，感鬼神，厚人倫，美風俗」的教化目的。

一首閃著燦爛光輝的詩篇，其所以不受時間風塵的埋沒，世事滄桑的衝激，由個體而伸展及整體，由短暫的現在賡續到永遠的未來，皆賴其本身具有一種潛在的力。在散播的過程上，此種力勝過拿破崙之威權，亦爲凱撒大帝之臂力所不及。詩就賴此力，得傳播久遠。而這種力就是詩的啓示力。

在日常生活中，當我們屢次感受雷電的經驗，便測知此爲降雨的先兆；見到原野披上新綠，和風吻開蓓蕾，便曉知春已來臨，那麼「雷電」給予我們以降雨的啓示，使我們對雨有所綢繆；「新綠」、「和風」給予我們以春的啓示，使我們對春有所快感；同樣，一首意義深長、刺激情感熱烈、而潛留於意識中久遠的詩，莫不以其有否富啓示力爲決定條件。沒有啓示力的詩，在人類腦海既泛不起浪花，怎能留下深刻的痕跡？

富啓示力的詩，在不知不覺之中，便會刺激並影響思維，使之或興奮、或舞蹈、或感嘆、或悲悼、或歡樂、或憂悒，因爲它已經取得了人類記憶的鑰匙，隨時可以踏進每個曾關閉的心靈之門。

在人類記憶裏，詩以其啓示力，留下永恆的腳印。

〈木蘭詞〉是首古詩，它刻劃出女子代父從征、報國禦侮的英勇事蹟；雖然事情的發生離開我們已遠去千百年，但在今日的情勢下，對於激發愛國思想，喚起民族靈魂，鼓舞自由進軍，仍具有極深遠的啓示力。再如〈孔雀東南飛〉，是在揭露封建制度下的家庭，以婚姻不合理所造成的悲劇；雖然亦離我們很遠很遠，而在廿世紀的中國農村社會，仍然具有深刻的敎育意義。古希臘盲詩人荷馬的〈依利阿特〉及〈奧德賽〉兩詩篇是描述心意對環境的征服，因爲當時之希臘人相信掌握命運的神是主宰一切的，故對於命運不加反抗，完全屈服；惟荷馬不耐這種命運的信念的壓迫，所以要提高人的心意的威權，認爲可征服由命運造成的環境，至今，他的詩篇在世界文學思潮裏，還仍佔著相當的分量。

所以，啓示力是衡量詩價值的尺度。具有啓示力的詩，在人類思潮裏才能激起浪花，在人類情緒裏才能泛起漣漪。

啓示力在詩的生命過程上，居有開拓、前進、保持存在的地位。

具有啓示力的詩，即使一枝落葉，也會使我們感到生命的短促；一葉浮萍，也會使我們感到流落的痛楚；一顆流星的隕落，也會使我們領悟到生命的價值；一粒細砂，也會使我們連想到山嶽的宏偉和些微發揮的力量。由之，我們能深自警惕，會健全身心，排除糾紛，免除不幸，讓生命迸出燦爛的火花。

在這濃霧瀰漫的世紀，到處扮演著不合理的現象，到處呈現著苦痛的狀態，詩，當爲時代歌出光明的方向，爲紊亂的思想澄清前路，爲現實的社會繪出深刻的面目，爲未來擬出幸福的圖案；這，尤須賴啓示力作嚮導。

詩的啓示力不僅容含於詩的意境，而且也表現在因宣洩情感而發出的聲音。

詩的啓示，像雄鷄啼醒朦朧的黎明。

詩的啓示，像號角煥發希望、鼓舞生命的戰鬥。

當人性正蒙受罪惡的灰塵，靈魂在苦難中流轉的時候，詩人們當怎樣努力才能讓詩篇富有健康的啓示力，以達到「動天地，感鬼神，厚人倫，美風俗」的教化目的！

原載《青年嚮導》一卷三期
民國四十三年四月十五日

滄海叢刊書目(二)

國學類

先秦諸子繫年　錢　穆 著
朱子學提綱　錢　穆 著
莊子纂箋　錢　穆 著
論語新解　錢　穆 著
周官之成書及其反映的文化與時代新考　金春峯 著
尚書學術(上)、(中)、(下)　李振興 著

哲學類

哲學十大問題　鄔昆如 著
哲學淺論　張　康 譯
哲學智慧的尋求　何秀煌 著
哲學的智慧與歷史的聰明　何秀煌 著
文化、哲學與方法　何秀煌 著
人性記號與文明—語言・邏輯與記號世界　何秀煌 著
邏輯與設基法　劉福增 著
知識・邏輯・科學哲學　林正弘 著
現代藝術哲學　孫　旗 譯
現代美學及其他　趙天儀 著
中國現代化的哲學省思—「傳統」與「現代」理性結合　成中英 著
不以規矩不能成方圓　劉君燦 著
恕道與大同　張起鈞 著
現代存在思想家　項退結 著
中國思想通俗講話　錢　穆 著
中國哲學史話　吳怡、張起鈞 著
中國百位哲學家　黎建球 著
中國人的路　項退結 著
中國哲學之路　項退結 著
中國人性論　臺大哲學系主編
中國管理哲學　曾仕強 著
孔子學說探微　林義正 著
心學的現代詮釋　姜允明 著

中庸誠的哲學	吳　　怡　著
中庸形上思想	高柏園　著
儒學的常與變	蔡仁厚　著
智慧的老子	張起鈞　著
老子的哲學	王邦雄　著
當代西方哲學與方法論	臺大哲學系主編
人性尊嚴的存在背景	項退結編著
理解的命運	殷　　鼎　著
馬克斯・謝勒三論	阿弗德・休慈原著、江日新譯
懷海德哲學	楊士毅　著
洛克悟性哲學	蔡信安　著
伽利略・波柏・科學說明	林正弘　著
儒家與現代中國	韋政通　著
思想的貧困	韋政通　著
近代思想史散論	龔鵬程　著
魏晋清談	唐翼明　著
中國哲學的生命和方法	吳　　怡　著
孟學的現代意義	王支洪　著
孟學思想史論(卷一)	黄俊傑　著
莊老通辨	錢　　穆　著
墨家哲學	蔡仁厚　著
柏拉圖三論	程石泉　著
倫理學釋論	陳　　特　著
儒道論集	吳　　光　著

宗教類

佛教思想發展史論	楊惠南　著
圓滿生命的實現(布施波羅密)	陳柏達　著
薝蔔林・外集	陳慧劍　著
維摩詰經今譯	陳慧劍譯註
龍樹與中觀哲學	楊惠南　著
公案禪語	吳　　怡　著
禪學講話	芝峯法師　譯
禪骨詩心集	巴壺天　著
中國禪宗史	關世謙　著
魏晉南北朝時期的道教	湯一介　著

佛學論著	周中一 著
當代佛教思想展望	楊惠南 著
臺灣佛教文化的新動向	江燦騰 著
釋迦牟尼與原始佛教	于凌波 著
唯識學綱要	于凌波 著

社會科學類

中華文化十二講	錢　穆 著
民族與文化	錢　穆 著
楚文化研究	文崇一 著
中國古文化	文崇一 著
社會、文化和知識分子	葉啓政 著
儒學傳統與文化創新	黃俊傑 著
歷史轉捩點上的反思	韋政通 著
中國人的價值觀	文崇一 著
紅樓夢與中國舊家庭	薩孟武 著
社會學與中國研究	蔡文輝 著
比較社會學	蔡文輝 著
我國社會的變遷與發展	朱岑樓主編
三十年來我國人文社會科學之回顧與展望	賴澤涵 編
社會學的滋味	蕭新煌 著
臺灣的社區權力結構	文崇一 著
臺灣居民的休閒生活	文崇一 著
臺灣的工業化與社會變遷	文崇一 著
臺灣社會的變遷與秩序(政治篇)(社會文化篇)	文崇一 著
鄉村發展的理論與實際	蔡宏進 著
臺灣的社會發展	席汝楫 著
透視大陸	政治大學新聞研究所主編
憲法論衡	荊知仁 著
周禮的政治思想	周世輔、周文湘 著
儒家政論衍義	薩孟武 著
制度化的社會邏輯	葉啓政 著
臺灣社會的人文迷思	葉啓政 著
臺灣與美國的社會問題	蔡文輝、蕭新煌主編
自由憲政與民主轉型	周陽山 著

書名	作者
蘇東巨變與兩岸互動	周陽山 著
教育叢談	上官業佑 著
不疑不懼	王洪鈞 著
戰後臺灣的教育與思想	黃俊傑 著

史地類

書名	作者
國史新論	錢 穆 著
秦漢史	錢 穆 著
秦漢史論稿	邢義田 著
宋史論集	陳學霖 著
中國人的故事	夏雨人 著
明朝酒文化	王春瑜 著
歷史圈外	朱 桂 著
當代佛門人物	陳慧劍編著
弘一大師傳	陳慧劍 著
杜魚庵學佛荒史	陳慧劍 著
蘇曼殊大師新傳	劉心皇 著
近代中國人物漫譚	王覺源 著
近代中國人物漫譚續集	王覺源 著
魯迅這個人	劉心皇 著
沈從文傳	凌 宇 著
三十年代作家論	姜 穆 著
三十年代作家論續集	姜 穆 著
當代臺灣作家論	何 欣 著
師友風義	鄭彥棻 著
見賢集	鄭彥棻 著
思齊集	鄭彥棻 著
懷聖集	鄭彥棻 著
周世輔回憶錄	周世輔 著
三生有幸	吳相湘 著
孤兒心影錄	張國柱 著
我這半生	毛振翔 著
我是依然苦鬥人	毛振翔 著
八十憶雙親、師友雜憶(合刊)	錢 穆 著

語文類

訓詁通論	吳孟復 著
入聲字箋論	陳慧劍 著
翻譯偶語	黃文範 著
翻譯新語	黃文範 著
中文排列方式析論	司琦 著
杜詩品評	楊慧傑 著
詩中的李白	楊慧傑 著
寒山子研究	陳慧劍 著
司空圖新論	王潤華 著
詩情與幽境——唐代文人的園林生活	侯迺慧 著
歐陽修詩本義研究	裴普賢 著
品詩吟詩	邱燮友 著
談詩錄	方祖燊 著
情趣詩話	楊光治 著
歌鼓湘靈——楚詩詞藝術欣賞	李元洛 著
中國文學鑑賞舉隅	黃慶萱、許家鶯 著
中國文學縱橫論	黃維樑 著
漢賦史論	簡宗梧 著
古典今論	唐翼明 著
亭林詩考索	潘重規 著
浮士德研究	李辰冬 譯
蘇忍尼辛選集	劉安雲 譯
文學欣賞的靈魂	劉述先 著
小說創作論	羅盤 著
借鏡與類比	何冠驥 著
情愛與文學	周伯乃 著
鏡花水月	陳國球 著
文學因緣	鄭樹森 著
解構批評論集	廖炳惠 著
世界短篇文學名著欣賞	蕭傳文 著
細讀現代小說	張素貞 著
續讀現代小說	張素貞 著
現代詩學	蕭蕭 著
詩美學	李元洛 著

詩人之燈——詩的欣賞與評論	羅　青 著
詩學析論	張春榮 著
修辭散步	張春榮 著
橫看成嶺側成峯	文曉村 著
大陸文藝新探	周玉山 著
大陸文藝論衡	周玉山 著
大陸當代文學掃描	葉穉英 著
走出傷痕——大陸新時期小說探論	張子樟 著
大陸新時期小說論	張　放 著
兒童文學	葉詠琍 著
兒童成長與文學	葉詠琍 著
累廬聲氣集	姜超嶽 著
林下生涯	姜超嶽 著
青　春	葉蟬貞 著
牧場的情思	張媛媛 著
萍踪憶語	賴景瑚 著
現實的探索	陳銘磻 編
一縷新綠	柴　扉 著
金排附	鍾延豪 著
放　鷹	吳錦發 著
黃巢殺人八百萬	宋澤萊 著
泥土的香味	彭瑞金 著
燈下燈	蕭　蕭 著
陽關千唱	陳　煌 著
種籽	向　陽 著
無緣廟	陳艷秋 著
鄉　事	林清玄 著
余忠雄的春天	鍾鐵民 著
吳煦斌小說集	吳煦斌 著
卡薩爾斯之琴	葉石濤 著
青囊夜燈	許振江 著
我永遠年輕	唐文標 著
思想起	陌上塵 著
心酸記	李　喬 著
孤獨園	林蒼鬱 著
離　訣	林蒼鬱 著

托塔少年　林文欽 編
北美情逅　卜貴美 著
日本歷史之旅　李希聖 著
孤寂中的廻響　洛夫 著
火天使　趙衛民 著
無塵的鏡子　張默 著
關心茶——中國哲學的心　吳怡 著
放眼天下　陳新雄 著
生活健康　卜鍾元 著
文化的春天　王保雲 著
思光詩選　勞思光 著
靜思手札　黑野 著
狡兔歲月　黃和英 著
老樹春深更著花　畢璞 著
列寧格勒十日記　潘重規 著
文學與歷史——胡秋原選集第一卷　胡秋原 著
忘機隨筆——卷三・卷四　王覺源 著
晚學齋文集　黃錦鋐 著
古代文學探驪集　郭丹 著
山水的約定　葉維廉 著
在天願作比翼鳥——歷代文人愛情詩詞曲三百首　李元洛 輯注

美術類

音樂與我　趙琴 著
爐邊閒話　李抱忱 著
琴臺碎語　黃友棣 著
音樂隨筆　趙琴 著
樂林蓽露　黃友棣 著
樂谷鳴泉　黃友棣 著
樂韻飄香　黃友棣 著
弘一大師歌曲集　錢仁康 著
立體造型基本設計　張長傑 著
工藝材料　李鈞棫 著
裝飾工藝　張長傑 著

人體工學與安全	劉其偉 著
現代工藝概論	張長傑 著
藤竹工	張長傑 著
石膏工藝	李鈞棫 著
色彩基礎	何耀宗 著
當代藝術采風	王保雲 著
都市計劃概論	王紀鯤 著
建築設計方法	陳政雄 著
建築鋼屋架結構設計	王萬雄 著
古典與象徵的界限——象徵主義畫家莫侯及其詩人寓意畫	李明明 著

滄海美術叢書

五月與東方——中國美術現代化運動在戰後臺灣之發展(1945～1970)	蕭瓊瑞 著
中國繪畫思想史	高木森 著
藝術史學的基礎	曾堉、葉劉天增 譯
唐畫詩中看	王伯敏 著